NICKELODEON

降击神通

AVATAR

LE DERNIER MAÎTRE DE L'AIR.

LES ÉCRITS PERDUS : FEU

PAR TOM MASON ET DAN DANKO
ILLUSTRÉ PAR PATRICK SPAZIANTE
BASÉ SUR LES SCÉNARIOS DE TIM HEDRICK,
AARON EHASZ, MICHAEL DANTE DIMARTINO,
BRIAN KONIETZKO, ET JOHN O'BRYAN.

PRESSES AVENTURE

© 2007 Viacom International Inc. Tous droits réservés. Nickelodeon,
Avatar, le dernier maître de l'air, et tous les autres titres,
logos et personnages qui y sont associés sont des marques
de commerce de Viacom International Inc.

Paru sous le titre original : Avatar, the Last Airbender, Fire

Publié par PRESSES AVENTURE, une division
de LES PUBLICATIONS MODUS VIVENDI INC.
55, rue Jean-Talon Ouest, 2e étage
Montréal, Québec, H2R 2W8

Dépôt légal - Bibliothèque et Archives nationales du Québec, 2007
Dépôt légal - Bibliothèque et Archives Canada, 2007

ISBN 13 : 978-2-89543-718-5

Traduit de l'anglais par : Catherine Girard-Audet
Texte remanié par : Jean-Robert Saucyer

Nous reconnaissons l'aide financière du gouvernement du Canada par l'entremise du
Programme d'aide au développement de l'industrie de l'édition (PADIÉ)
pour nos activités d'édition.

Gouvernement du Québec — Programme de crédit d'impôt pour l'édition de livres —
Gestion SODEC

PROLOGUE

SI VOUS LISEZ CECI,

c'est que vous avez découvert l'un des quatre
munuscrits cachés que j'ai compilés concernant
le monde d'Avatar. Ce manuscrit contient de
l'information sacrée à propos de la Nation du Feu. Il
relate plus précisément des histoires, des légendes
et des faits que j'ai recueillis au sujet de son histoire
et de sa culture. J'espère que ces informations vous
paraîtront tout aussi utiles et intrigantes qu'elles l'ont
été à mes yeux. Dans le but de protéger le monde,
je vous demande de conserver ce manuscrit en lieu
sûr et de le partager uniquement avec ceux en qui
vous avez confiance. Méfiez-vous, car nombreux
sont ceux qui désirent dévoiler ses secrets...

3 降去神通

INTRODUCTION

Eau.

Terre.

Feu.

Air.

Voici les quatre nations du monde et les quatre éléments qui le constituent. Il existe dans ces nations des individus qui ont développé l'art de maîtriser l'élément propre à leur culture. Ces gens s'appellent les maîtres de l'eau, les maîtres de la terre, les maîtres du feu et les maîtres de l'air.

L'Avatar est le maître le plus puissant du monde, l'esprit incarné de la planète. Maître des quatre éléments, c'est lui qui assure l'ordre et qui maintient l'équilibre et la paix dans le monde.

Les quatre nations ont vécu en harmonie jusqu'à la mort de Roku, le dernier Avatar. Saisissant l'occasion avant que le prochain Avatar – un maître de l'air – ne soit retrouvé et formé, Sozin, le Seigneur du Feu, a lancé une campagne à l'échelle mondiale visant à éliminer les trois autres nations.

Seul le prochain Avatar avait le pouvoir d'empêcher la Nation du Feu de conquérir le monde, mais la rumeur disait qu'il avait péri au cours des attaques menées contre les Nomades de l'Air.

Cent ans après la mort de l'Avatar Roku, une jeune adolescente et son frère ont fait une découverte qui a changé à jamais le destin du monde : ils ont trouvé un garçon de douze ans congelé dans un iceberg. Ce dernier s'appelle Aang, et il est le dernier maître de l'air. Il représente également le dernier espoir de retrouver la paix et l'harmonie dans le monde.

Il est... l'Avatar.

La première légende a été transmise par Katara, une jeune maîtresse de l'eau qui, en compagnie de son frère, aide l'Avatar à maîtriser les éléments.

LE FESTIVAL DU FEU
LÉGENDE 1

《 Katara, de quoi ai-je l'air ? 》 Aang ajustait le masque du Festival du Feu qui recouvrait son visage. 《 Tu ressembles aux autres, que je lui ai répondu, et c'est très bien comme ça. 》 Lorsqu'il voyage, l'Avatar a parfois besoin d'un déguisement. Je m'appelle Katara et je viens de la Tribu de l'Eau du Sud située au pôle Sud. Qui aurait cru que le jeune garçon que mon frère Sokka et moi avons découvert dans un iceberg est en réalité l'Avatar, et que nous l'aiderions à sauver le monde ? Que de tensions... et d'aventures ! Nous nous trouvons maintenant en territoire ennemi, dans la redoutable Nation du Feu. Heureusement, le port des masques nous permet de dissimuler notre identité.

6

Je n'ai jamais quitté le pôle Sud auparavant, et je suis nerveuse à l'idée d'entrer dans le village de la Nation du Feu.

« Je connais déjà quelques techniques de la maîtrise du feu, et ce festival est ma seule chance de pouvoir observer des maîtres de près », me dit Aang en prenant ma main. « Il y a une foule immense là-bas. Le spectacle doit en valoir la peine. »

Je n'en suis pas si sûre. Un rassemblement de la Nation du Feu pouvait s'avérer dangereux pour nous.

Aang s'arrête devant la scène. Un maître magicien jongle avec des boules de feu, puis fait de grands tourbillons avec ses mains. Les boules de feu se transforment en colombes roucoulantes qui s'envolent au-dessus de la foule.

« Merci, mesdames et messieurs », dit le magicien tandis que la foule applaudit. « Pour mon prochain numéro, j'aurais besoin d'un volontaire parmi les spectateurs. » Il jette un regard autour de lui, puis il me désigne du doigt ! « Pourquoi pas vous, jeune demoiselle ? » dit-il.

Je secoue la tête. Malheureusement, il persiste. « Je constate qu'elle est timide », dit le magicien à la foule. « Allons les amis, encourageons-la un peu ! »

La foule se met à applaudir en me poussant doucement vers la scène. Je veux me retourner et m'enfuir, mais je ne peux risquer d'attirer l'attention sur Aang, ou sur moi. Je monte donc sur la scène.

Le magicien me ligote à une chaise avec un long foulard. « Mon prochain tour s'intitule "Dompter le dragon" », annonce-t-il. J'ai alors un mauvais pressentiment.

Ses bras tressaillent, puis le magicien se positionne. Je reconnais le mouvement élémentaire de la maîtrise du feu. L'air autour de moi se réchauffe tandis que de la fumée tourbillonne autour de ses doigts.

Tout à coup, un dragon flamboyant surgit de ses mains, et je m'efforce de ne pas crier. Le dragon plonge sur ma tête. Je tente de m'éloigner, mais le foulard est trop serré. Puis le dragon se tourne et s'enroule de nouveau autour de moi. Sa gueule est grande ouverte, prête à ne faire qu'une seule bouchée de ma personne !

C'est alors qu'Aang bondit sur la scène ! Il fait tourbillonner ses bras dans les airs pour créer une balle d'air qu'il fait rouler devant lui. Il agite ensuite ses mains et pousse l'air en direction du dragon.

Le monstre se désintègre en un nuage de confettis multicolores qui voltigent au-dessus de la scène.

Malheureusement, la bourrasque de vent arrache également le masque d'Aang. Je suis saine et sauve, mais nous avons des ennuis   de gros ennuis.

Quelqu'un reconnaît les marques sur la tête d'Aang et s'écrie : « Hé! Ce garçon est l'Avatar! »

Sokka bondit alors rapidement sur la scène et me détache. « Il est temps de partir », dit-il. Et comment!

Un jeune homme se joint également à nous. « Je m'appelle Chey, dit-il. Je peux vous faire sortir d'ici! » Il lance une bombe fumigène sur le sol, ce qui nous permet de prendre la fuite en nous dissimulant derrière l'épais nuage de fumée.

Nous avons appris par la suite que Chey est un déserteur de l'armée de la Nation du Feu. Il nous conduit au camp d'un maître légendaire du feu appelé Jeong Jeong. Ce dernier ne voulait rien savoir de la guerre menée par Sozin, le Seigneur du Feu, contre

les autres nations. Le camp de Jeong Jeong est situé dans une clairière au fin fond des bois. Le maître
du feu est un vieil homme vêtu de haillons. Il a les cheveux longs, une barbe clairsemée et une cicatrice de
guerre d'une forme étrange. Il semble avoir traversé
beaucoup d'épreuves.

    Aang s'approche de lui. « Maître, je suis l'Avatar,
dit-il. Je dois apprendre à maîtriser le feu. »

    À ma grande surprise, Jeong Jeong refuse sa de-
mande. Il juge qu'Aang n'est pas encore prêt ! « J'ai
déjà eu un élève qui n'avait aucun intérêt à apprendre
la discipline, explique Jeong Jeong. Apprends à te con-
trôler, sinon tu risques de te détruire et d'anéantir
tout ce que tu aimes. »

Mais Jeong Jeong accueille bientôt un mysté-
rieux visiteur, soit l'esprit de l'Avatar Roku, celui qui a
précédé Aang. Roku lui ordonne d'enseigner la maî
trise du feu à Aang.

Jeong Jeong est obligé d'accepter. Après tout, qui
peut tenir tête à un Avatar?

« Observe attentivement », dit Jeong Jeong à
Aang.

Je regarde Jeong Jeong ramasser une feuille
morte sur le sol et agiter doucement sa main au-
dessus de celle-ci. Le centre de la feuille s'enflamme
aussitôt. Ce truc est plus impressionnant que celui
exécuté par le magicien du festival! Il tend la feuille
brûlante à Aang. « Essaie de conserver la flamme au
centre de la feuille le plus longtemps possible », dit-il
avant de le laisser seul.

Aang se concentre et la petite flamme se con-
sume au centre de la feuille.

« J'ai réussi! » s'exclame Aang. Je note son impa
tience. Ces techniques sont assez simples, et Aang
souhaite en apprendre davantage. Il tente d'exécuter
un mouvement du feu sur la feuille. Il raidit sa main
droite et pointe le doigt en direction de la flamme.
Cette dernière explose dans les airs.

« Aang, sois prudent », que je lui dis, inquiète qu'il ne
voie trop grand, trop tôt.

Aang jongle avec la
flamme, mais il perd sou-
dain le contrôle. Une boule
de feu vole droit sur moi et
je ne peux rien faire pour
l'éviter!

Je m'agenouille près de
la rivière et j'applique de

l'eau fraîche sur mes mains brûlantes. La douleur et la rougeur disparaissent aussitôt. Je me sens beaucoup mieux.

« Tu as des dons de guérisseuse, dit Jeong Jeong en souriant. Tout comme les grands maîtres des Tribus de l'Eau. L'eau entraîne la guérison et la vie; le feu n'entraîne que la douleur et la destruction. »

Tout à coup, nous entendons le grondement sourd d'un moteur de bateau qui avance à toute allure sur la rivière. « Zhao! » s'exclame Jeong Jeong. Il nous a trouvés. L'ignoble Amiral Zhao, chef de l'armée navale de la Nation du Feu, a dû suivre nos traces après le festival. Je dois avertir Aang. Nous devons déguerpir au plus vite.

Jeong Jeong m'aide à me relever et me pousse vers la forêt. « Va chercher tes amis, et fuyez! Vite! »

Lorsque j'arrive au camp, Aang s'excuse de l'incident. « Jeong Jeong a tenté de me prévenir que je ne suis pas prêt, dit-il, et je n'ai pas voulu l'écouter. Je suis navré de t'avoir blessée ainsi. »

Je pose ma main sur son épaule. Je n'ai jamais vu Aang aussi triste. « C'est oublié, dis-je, mais nous devons partir immédiatement. Zhao est ici, et il a capturé Jeong Jeong. »

Aang saute sur ses pieds et se précipite vers la rivière. « Je dois l'aider! »

Zhao nous attend. « Voyons voir ce que mon ancien maître t'a enseigné, Avatar », dit-il en grognant.

« Tu étais l'élève de Jeong Jeong? » demande Aang.

« Jusqu'à ce que cela devienne ennuyant », répond l'Amiral Zhao en brandissant ses mains devant lui. Il largue ensuite des boules de feu en direction d'Aang, mais ce dernier se met aussitôt à l'abri.

Zhao est un maître du feu. Je suis certaine qu'il a plus d'expérience et d'habiletés qu'Aang, mais notre ami a la jeunesse et l'énergie en sa faveur – sans oublier le fait qu'il est l'Avatar. Je souhaite que ce soit suffisant.

« Je constate que Jeong Jeong t'a enseigné à t'esquiver et à fuir comme un lâche, raille Zhao, mais je doute qu'il t'ait montré de quoi un maître du feu est vraiment capable. »

Zhao tire une avalanche d'explosions de feu. La chaleur se rend jusqu'à moi. Aang court vers le bord de la rivière et bondit à bord du bateau de l'amiral Zhao.

« Ohé! Regardez-moi! se moque Aang. Je suis l'amiral Zhao! »

Zhao se lance à sa poursuite en tirant de violentes boules de feu vers Aang.

« Décevant, amiral, très décevant », dit Aang.

L'amiral Zhao pour-
chasse Aang de pont en
pont, mais Aang est trop
rapide pour lui. Aang
saute à bord du dernier
bateau. Il semble pris au
piège.

« Je te tiens mainte-
nant, petit malin », dit Zhao d'un air suffisant.

« Tu as perdu cette bataille, amiral. » Je n'arrive
pas à croire qu'Aang soit aussi confiant!

« C'est plutôt toi qui as perdu la boule, Avatar! Tu
n'as toujours pas répondu à mes attaques. »

« Non, mais toi si. Regarde autour de toi. » Les
bateaux de Zhao sont en flammes. De la fumée noire
et épaisse s'élève dans le ciel.

« Jeong Jeong m'a dit que tu n'avais aucune retenue. Je n'ai eu qu'à m'esquiver pendant que tu
t'autodétruisais. »

Aang a gagné. Je suis si fière de lui. Il est parvenu à vaincre un puissant ennemi sans même faire usage de la maîtrise du feu.

Lorsque Zhao se rend compte de ce qu'il a fait, il crie à l'injustice, puis lance un dernier jet de flammes en direction d'Aang. Ce dernier exécute un saut arrière et atterrit sur ses pieds dans l'eau peu profonde de la rivière. « J'espère que tu seras heureux de marcher jusqu'à chez toi! » plaisante-t-il.

Jeong Jeong et sa tribu ont disparu au cours de la bataille. Ils sont introuvables. Quant à nous, nous sommes temporairement hors de danger, mais il ne fait aucun doute que Zhao nous traquera de nouveau. La vengeance est l'une des principales forces de la Nation du Feu.

Voici l'information que j'ai recueillie au sujet de l'impitoyable Nation du Feu.

La Nation du Feu et sa philosophie

La Nation du Feu est mystérieuse et secrète. On en sait très peu au sujet de sa culture puisqu'il est difficile d'infiltrer le groupe et de recueillir de l'information. Personne n'a jamais quitté la Nation du Feu sain et sauf afin de dévoiler ses secrets.

Les chefs de la Nation du Feu n'ont qu'un seul désir: détruire les autres nations et conquérir le monde. Bien que certains citoyens de la Nation du Feu s'opposent à la cause, tous sont forcés de vivre sous le règne oppressif du Seigneur du Feu.

INSIGNE DE LA NATION DU FEU

L'insigne de la Nation du Feu est une flamme stylisée comprenant trois pointes et une base arrondie. Le symbole est utilisé essentiellement sur les drapeaux et les uniformes et pour identifier les territoires de la Nation du Feu.

DRAPEAU
DE LA NATION DU FEU

Le drapeau de la Nation du Feu est constitué d'une bannière triangulaire. L'insigne de la flamme est apposé au centre du drapeau. Six bandes minces surgissent de la bordure inclinée.

CHEFS DE LA NATION DU FEU

Le tyrannique Seigneur du Feu est le chef suprême de la Nation du Feu. Il est le plus puissant des maîtres du Feu et le peuple doit se conformer à sa volonté. Le titre de Seigneur du Feu est transmis au fils aîné de chaque génération d'une famille. Ozai, le Seigneur du Feu en titre, est toutefois le deuxième de la famille. Il a comploté contre son père et Iroh, son frère aîné, pour s'emparer du trône.

Le Seigneur Ozai

Le seigneur Azulon

Iroh

SOZIN, SEIGNEUR DU FEU

Le seigneur Sozin est à l'origine de la guerre et il n'avait qu'une seule volonté : créer un monde où le feu soit l'élément dominant et où aucune autre nation ne peut défier son règne. Lors du décès de Roku, Sozin a amplifié ses pouvoirs en profitant du passage d'une comète pour y puiser de l'énergie. Sachant que le prochain Avatar serait un maître de l'air, il a attaqué les Nomades de l'Air et est parvenu à tous les anéantir (à l'exception d'Aang). Il a ensuite amorcé l'invasion des Tribus de l'Eau et du Royaume de la Terre.

Après avoir participé à cette guerre pendant plusieurs décennies, Sozin est mort avant que son rêve ne se réalise. Son plan destructeur est aujourd'hui exécuté par ses descendants.

LE SEIGNEUR OZAI

Ozai, le petit-fils de Sozin, est le
seigneur du Feu en titre. Rien ne peut freiner
sa volonté de dominer le monde. Fidèle à
ses prédécesseurs, le règne d'Ozai est
caractérisé par la terreur et l'intimidation.

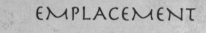

La Nation du Feu a son ancrage dans un chapelet d'îles volcaniques à proximité de l'équateur. Il s'agit d'un territoire chaud et aride et les volcans actifs procurent une source illimitée d'énergie à la Nation du Feu. Bien que cette dernière soit établie sur des îles, son armée et sa marine de guerre mènent des attaques aux quatre coins du monde.

20

SAISON

La saison dominante de la Nation du Feu est l'été.

SOURCE DE PUISSANCE

Les maîtres du feu puisent principalement leur énergie dans des sources de chaleur comme le soleil, ainsi que dans l'énergie volcanique, la foudre et les comètes.

RESSOURCES NATURELLES ET NOURRITURE

La Nation du Feu dispose de plusieurs forgerons qualifiés qui utilisent le fer pour construire les forteresses et les vaisseaux du groupe. La Nation du Feu actionne d'immenses fournaises, grâce au charbon extrait des mines par ses prisonniers. Les habitants mangent du riz, des nouilles, du chou et des litchis. Ils boivent également beaucoup de thé. Grands amateurs de mets épicés, ils raffolent des gâteaux flambés et des flocons cuits sur le feu.

INDUSTRIES

Se concentrant principalement sur la conquête du monde, la Nation du Feu s'occupe surtout de la construction de bateaux, de la fabrication d'armes (comme les catapultes de feu, les flèches, les lances, les épées et les couteaux) et de la fabrication du métal.

L'ARMÉE ET LA MARINE DE LA NATION DU FEU

L'amiral Zhao est le chef de l'armée navale de la Nation du Feu et l'ennemi juré du prince Zuko. Ancien élève du légendaire maître Jeong Jeong, Zhao est un maître du feu impitoyable qui est trop impatient pour utiliser correctement ou stratégiquement ses techniques, ce qui mène souvent à sa perte.

BATEAUX

Les bateaux de la Nation du Feu sont construits avec du fer robuste pour résister aux attaques des autres nations. Ils sont alimentés au charbon.

PRISONS

Les prisons de la Nation du Feu sont également des endroits où les prisonniers des autres nations sont forcés de travailler durement. Faite de métal robuste, l'une de ces prisons sert de chantier de construction navale station- naire situé au milieu de l'océan. Un mur immense sépare sa structure. D'un côté se trouve le chantier naval où la Nation du Feu répare et ravitaille ses bateaux en carburant, tan- dis que de l'autre se trouvent les prisonniers du Royaume de la Terre. Ces prisonniers ne peuvent maîtriser la terre puisque la plateforme de métal est entourée d'eau et qu'elle est située à des kilomètres de la terre ferme. Le directeur de la prison abuse tout de même de la force musculaire des maîtres de la terre. Il force ces derniers à travailler dans le chantier naval afin de construire de nouveaux bateaux qui serviront à détruire le Royaume de la Terre.

LE FESTIVAL DU FEU

Le Festival du Feu est une foire ambulante qui se déroule dans les villes et les villages de la Nation du Feu. Tous les habitants portent des masques faits à la main, tandis que les commerçants vendent une grande variété de plats locaux et de bibelots. On y trouve des spectacles de marionnettes, des magiciens, des jongleurs, des feux d'artifice, ainsi que des démonstrations de techniques du feu exécutées en solo ou en groupe. Le festival se rend également dans les villes et les villages d'autres nations où résident des maîtres du feu.

CONCEPTION DES MASQUES DE LA NATION DU FEU

D'ordinaire, les masques de la Nation du Feu sont faits à la main avec du bois et représentent des expressions faciales stylisées qui ressemblent aux masques du théâtre kabuki.

JEUX ET AMUSEMENT

Les boutons-pression de la Nation du Feu ont été inventés par cette dernière. Il s'agit de petits jouets faits de soufre et de silex qui émettent un bruit sec lorsqu'ils sont propulsés sur le sol.

La trompette de tsungi est un instrument de musique forgé dans le métal. On croit que la trompette courbée et très lustrée est originaire de la Nation du Feu. On l'utilise pour la musique tradition nelle du monde d'Avatar.

ANIMAUX DE LA NATION DU FEU

LE FAUCON-DRAGON

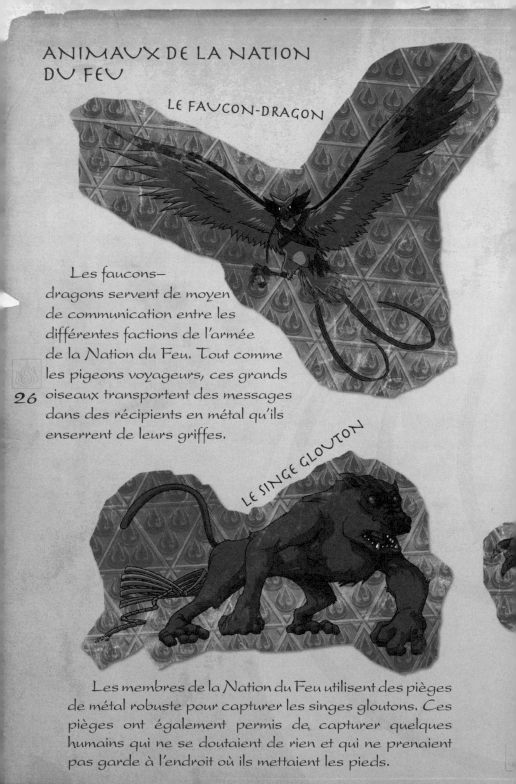

Les faucons—dragons servent de moyen de communication entre les différentes factions de l'armée de la Nation du Feu. Tout comme les pigeons voyageurs, ces grands oiseaux transportent des messages dans des récipients en métal qu'ils enserrent de leurs griffes.

LE SINGE GLOUTON

Les membres de la Nation du Feu utilisent des pièges de métal robuste pour capturer les singes gloutons. Ces pièges ont également permis de capturer quelques humains qui ne se doutaient de rien et qui ne prenaient pas garde à l'endroit où ils mettaient les pieds.

RHINO-KOMODO

Les rhinos–komodos sont d'immenses créatures à trois cornes possédant de longues et puissantes griffes. Ils portent une armure pour se protéger et servent de moyen de transport à la force militaire.

La maîtrise du feu

La maîtrise du feu est une forme de combat à la fois agressive et offensive. Pour compenser le manque de mouvements défensifs, un maître du feu tentera de submerger son adversaire sous un torrent de coups. La vraie puissance d'un maître du feu provient davantage de la maîtrise de sa respiration que de sa force physique ou de sa taille.

La maîtrise du feu est influencée par plusieurs anciens arts martiaux. Chaque art repose sur des mouvements particuliers et apporte des résultats différents.

Xsing-Yi : Cet art comporte des prises issues des traditionnelles «sept étoiles» : les mains, les pieds, les genoux, les coudes, les hanches, les épaules et la tête.

Griffe du dragon du Sud : Fidèle au dragon qui plonge sur sa proie, ce style de combat est centré sur des techniques de poigne et de retenue exécutées avec la main.

Shaolin du Nord : Imaginé par les moines de la Chine ancienne, ce style du «long poing» met l'accent sur les coups de pied plutôt que les coups de poing. Les coups de pied sont administrés en allongeant la jambe le plus possible sans compromettre l'équilibre.

TECHNIQUES DE LA MAÎTRISE DU FEU

Les mouvements de la maîtrise du feu sont directs et sont conçus pour vaincre l'adversaire. Aucune autre issue n'est envisagée. Un botté rapide ou un coup direct entraînent des rafales de flammes qui sont projetées en direction de l'adversaire. Les coups de pied éclair causent des arcs de feu ardents. Les coups provoquent des boules de feu, tandis que les coups de pied circulaires font naître des cercles enflammés. Un happement de main ou de poignet provoque un feu d'artifice mortel. Lorsque plusieurs maîtres du feu s'unissent dans une bataille, ils combinent leur énergie, ce qui leur permet de lancer des missiles enflammés qui peuvent parcourir de grandes distances.

FORCES

Les maîtres du feu sont plus puissants durant le jour et dans les climats chauds où ils peuvent compter sur le soleil pour puiser leur force. La puissance d'un maître du feu est à son apogée lorsque ce dernier se trouve près de l'équateur durant l'été.

FAIBLESSES

L'obscurité, les éclipses solaires ou la pleine lune sont les éléments susceptibles d'affaiblir la force des maîtres du feu. Ces derniers sont également moins puissants lorsqu'il pleut. En raison de leur nature agressive, les maîtres du feu ont été faibles défensivement, ce qui a parfois tendance à les rendre vulnérables.

DUELS DE LA MAÎTRISE DU FEU

Un *agni-kai* est traditionnellement disputé au crépuscule. Les maîtres du feu s'installent d'abord dos à dos et pieds nus. L'objectif est de dominer son adversaire, de le jeter par terre et de le brûler. Le prince Zuko a hérité de sa cicatrice en disputant un *agni-kai* contre son père.

La prochaine légende a été transmise par l'Avatar après qu'il ait réalisé qu'il devait faire face à son destin d'Avatar.

LE TEMPLE DU FEU
LÉGENDE 2

Je n'arrivais pas à en croire mes yeux. Une grande étendue de terre carbonisée déboisait maintenant la forêt. Sokka nous indiquait les imposantes traces de bottes. « Aang, la Nation du Feu est responsable de ce désastre », dit-il. Une magnifique forêt avait été détruite. Cela me brisait le cœur. Je suis censé protéger la nature. Je m'appelle Aang, l'Avatar des Nomades de l'Air. Je dois admettre que je ne sais pas encore tout à fait comment agir en tant qu'Avatar, puisque j'ai passé les cent dernières années congelé dans un iceberg!

《Comment ai-je pu les laisser faire une chose pareille, Katara?》 ai-je demandé à la sœur de Sokka.

Katara a cueilli un gland sur le sol.

《Il y a des glands partout, Aang, dit-elle pour m'encourager. Chaque gland deviendra un jour un grand chêne, et tous les animaux qui vivaient ici reviendront.》

Katara a déposé le gland dans ma main. Je savais qu'elle avait raison. La forêt reprendrait bientôt vie. Mon esprit s'est soudain apaisé.

《Hé, les copains, nous avons de la compagnie》, nous a lancé Sokka.

Un vieil homme s'approchait de nous et me souriait.

《J'ai aperçu les marques sur ta tête... Es-tu l'Avatar?》 qu'il m'a demandé.

Je lui ai fait signe que oui.

Le vieil homme soupirait comme si on venait de retirer un poids immense de ses épaules. 《Je m'appelle Kay-fon. Mon village a désespérément besoin de ton aide!》

Le village de Kay-fon était situé au centre de la forêt. Il disposait d'un couloir central qui était entouré de plusieurs maisons. Une longue clôture de bois séparait le village des arbres. Plusieurs maisons avaient été endommagées.

« Hei Bai, l'esprit absolu, a attaqué notre village lors des derniers crépuscules, expliquait Kay-fon. Tout le monde en ignore la raison. »

« Avec l'arrivée du solstice, a-t-il continué, le monde naturel et le monde spirituel se rapprochent de plus en plus. » Il m'a désigné du doigt. « Qui de mieux que l'Avatar pour résoudre la crise entre les deux mondes ! »

Le sort reposait maintenant entre mes mains. J'aurais bien aimé savoir quoi faire !

Je me suis installé à l'entrée du village tandis que les dernières lueurs du jour disparaissaient derrière les arbres.

Comment pouvais-je empêcher un esprit d'attaquer un village ? Je n'avais jamais parlé à un esprit auparavant. J'ai pris une profonde inspiration. « Bonjour Hei Bai. Je suis l'Avatar. Je suis venu vous supplier de ne pas attaquer ce village ! »

Je n'ai pas eu à attendre très longtemps. Hei Bai surgit bientôt de la forêt. Il était immense et furieux – et il courait droit sur moi !

Sa main a fauché mon corps. Je suis tombé à la renverse, mais j'ai amorti ma chute en exécutant un mouvement qui a formé un coussin d'air sous moi. Ma négociation avec l'esprit s'annonçait plus difficile que je le croyais.

Sokka est accouru à mes côtés. « Nous l'affronterons ensemble, Aang » dit-il.

Mais je ne voulais pas combattre l'esprit. Je voulais simplement l'aider et découvrir pourquoi il avait décidé d'attaquer le village.

Mais avant que je ne puisse dire quoi que ce soit, l'esprit saisit Sokka avec l'une de ses énormes griffes avant de s'en retourner dans la forêt.

« Aang! » s'est écrié Sokka.

J'ai déployé mon bâton, puis je fis basculer mon bâton volant sur mon dos. Je me suis envolé à la poursuite de Sokka et de l'esprit en me laissant guider par les courants d'air parmi les arbres.

« Dépêche-toi, Aang! » s'est écrié Sokka en tentant désespérément de me tendre la main.

Je suis descendu un peu plus bas. Nos doigts se sont frôlés. C'est à cet instant que le corps de Hei Bai a commencé à s'estomper avant de disparaître complètement, entraînant Sokka avec lui.

La dernière chose dont je me souviens, c'est d'être entré en collision avec une énorme statue de pierre qui ressemblait à un panda.

Je me suis réveillé juste avant l'aube. La collision avec la statue m'avait causé un horrible mal de tête.

J'avais échoué. Non seulement je n'avais pas protégé le village, mais j'avais également perdu le frère de Katara au profit de la bête mystique. Annoncer la nouvelle à Katara ne serait pas une tâche facile.

Lorsque je suis revenu au village, Katara était assise sur le sol et regardait fixement la forêt.

« Je l'ai perdu, Katara. » Je n'arrivais même pas à la regarder dans les yeux.

Elle n'a pas répondu. Elle agissait comme si elle n'arrivait pas à me voir! Je regardais mes mains, puis j'ai compris pourquoi : j'étais devenu invisible! J'étais entré dans le monde spirituel. J'avais dû passer à l'état d'Avatar et aboutir ici lorsque je m'étais écrasé contre la statue.

C'est alors que j'ai aperçu quelque chose de vraiment incroyable – un dragon bleu planait dans ma direction! Les rayons du soleil chatoyaient sur ses écailles bleues. Je pouvais entendre le battement constant de ses ailes. Je devais fuir. Je devais l'entraîner loin de Katara au cas où ses intentions seraient belliqueuses.

J'ai tendu rapidement mon bâton volant et j'ai plongé dans les airs, mais au lieu de m'envoler, je me suis effondré sur le sol. C'est alors que je me suis rendu compte que la maîtrise de l'air est impossible dans le monde spirituel.

Le dragon s'est posé à côté de moi. J'ai reculé d'un pas. On n'est jamais trop prudent lorsqu'on est en présence d'un dragon. La créature a ouvert sa gueule toute grande, puis elle a tendu l'une de ses griffes et touché délicatement ma main.

J'ai fermé les yeux, puis une lueur vive et bleue nous a subjugués aussitôt.

Le dragon était porteur d'une vision du temple de l'Avatar Roku!

Lorsque j'ai ouvert les yeux, Katara m'a serré dans ses bras. J'étais sorti du monde spirituel!

《Où est Sokka?》 m'a demandé Katara.

《Je... Je ne sais pas》, ai-je admis. J'avais toutefois établi un plan pour le retrouver.

Ce soir là, j'ai attendu à l'entrée du village. J'étais prêt cette fois-ci. Hei Bai a surgi de la forêt et s'est précipité vers moi.

La bête mystique a grogné et grincé des dents. J'ai tendu la main vers lui et je l'ai touché. Une lueur est apparue autour de mes doigts, puis j'ai vu un panda.

J'ai retiré ma main, et la vision a disparu du même coup.

《Tu es l'esprit de cette forêt! ai-je dit en comprenant enfin. Tu es furieux parce que la Nation du Feu a incendié ta demeure.》

Hei Bai a cessé de grogner. Il m'écoutait! « J'étais moi-même troublé lorsque je me suis rendu compte que la forêt avait été incendiée, ai-je dit, mais mon

amie m'a donné espoir que la forêt renaîtrait de ses cendres. » J'ai sorti le gland que Katara m'avait offert et je l'ai posé sur le sol.

Hei Bai a alors repris l'apparence du panda qui m'était apparu en songe. Il a serré le gland dans sa main, puis il a disparu.

Les villageois disparus ont bientôt surgi des bois d'un pas hésitant. L'esprit nous les rendait! Lorsque Sokka est apparu, Katara est accourue pour étreindre son frère.

« Merci, Aang », a-t-elle dit. J'étais content d'avoir résolu le problème des villageois et d'avoir retrouvé Sokka. Je commençais à m'habituer à mon rôle d'Avatar... du moins peu à peu.

Maintenant que Sokka était revenu, je devais me concentrer sur ma prochaine mission.

« Je crois avoir trouvé un moyen de contacter

l'Avatar Roku, ai-je dit à Katara et Sokka. Si je visite son temple lors du solstice d'hiver, je pourrai communiquer avec son esprit. »

« Mais le solstice a lieu demain », a annoncé Katara.

« Ouais », dis-je. Je savais que je ne disposais que de très peu de temps, mais il s'agissait peut-être de ma seule chance de parler à Roku. Je savais également que j'avais de plus gros ennuis. « Son temple est situé au cœur de la Nation du Feu. »

Nous avons aussitôt repris la route. J'ai jugé que la mission était trop dangereuse pour Katara et Sokka, mais ces derniers ont insisté pour se joindre à Momo, mon lémur, et moi.

« Aang! Nous avons un problème », a lancé Katara alors que nous voyagions sur le dos d'Appa, mon bison volant.

Ça ne s'annonçait pas très bien. Une douzaine de bateaux de l'armée navale de la Nation du Feu s'étiraient devant nous. Nous étions à la frontière de la Nation du Feu.

« Nous devons rompre le blocus, Aang », a recommandé Sokka.

Lorsqu'ils nous ont aperçus, les bateaux de la Nation du Feu ont propulsé des boules de feu qui défilèrent dans le ciel à toute allure. Appa a effectué un tonneau et est parvenu à esquiver les coups. J'ai

senti l'odeur des cendres ardentes et la chaleur sur ma peau. Avant que la Nation du Feu n'ait le temps de recharger ses munitions et de lancer une autre attaque, nous l'avons survolée et nous avons pénétré dans la Nation du Feu.

Le temple de l'Avatar Roku était un bâtiment de plusieurs étages érigé au sommet d'une colline escarpée et constituée de rochers pointus. Le temple était entouré de lave brûlante qui créait un fossé ardent. Des flammes jaillissaient dans le ciel.

Le hall d'entrée du temple était sombre et donnait la chair de poule. J'ai senti un frisson dans l'air, ce qui m'a porté à croire que l'endroit était abandonné depuis plusieurs années.

Cinq vieux hommes vêtus de robes à capuchon ont surgi de l'ombre. « Je suis le Grand Sage, chef des Sages de la Nation du Feu. Nous sommes les gardiens du temple de l'Avatar. »

« Je suis l'Avatar ! » m'exclamai-je, soulagé de me retrouver parmi les miens.

« Nous savons », dit le Grand Sage avant de lancer une boule de feu directement sur moi.

« Courez ! » m'écriai-je. J'ignorais pourquoi les Sages de la Nation du Feu m'attaquaient, mais je savais qu'il n'était pas prudent d'attendre pour le découvrir.

Nous sommes arrivés à l'intersection de deux corridors. « Par ici ! » me suis-je écrié. Nous avons tourné à gauche et sommes arrivés face à face avec l'un des sages. Je me suis ressaisi, prêt à attaquer.

« Je m'appelle Shyu. Je suis votre ami, dit le sage en-capuchonné. Je sais que vous voulez parler à l'Avatar Roku. Je peux vous conduire auprès de lui. »

Shyu a tiré un jet de feu sur un conduit encastré dans le mur. Le mur de pierre coulissant s'est ouvert pour dévoiler un passage secret. Ce dernier n'était éclairé que par la lave provenant d'une rivière ardente et souterraine.

« S'il s'agit du temple de l'Avatar, pourquoi les sages m'ont-ils attaqué ? » ai-je demandé.

Shyu a secoué tristement la tête. « Autrefois, les sages n'étaient loyaux qu'envers l'Avatar. Lorsque Roku est mort, Sozin le Seigneur du Feu les a con-traints à se joindre à lui. »

Sozin était donc à l'origine de tout ceci.

Une porte de pierre coulissante s'est ouverte. Nous avons pénétré à l'intérieur d'un grand atrium soutenu par de larges colonnes en pierre. Deux grandes portes en métal fortement décorées se dressaient devant nous. Une rangée de cinq serrures servant d'ouvertures se trouvait au centre des portes.

« Voici le sanctuaire, dit Shyu. Lorsque tu le trou-veras à l'intérieur, attends que la lumière apparaisse avant de toucher la statue de l'Avatar Roku. Seul un Avatar totalement accompli peut ouvrir ces portes par lui-même. Sinon, les sages doivent ouvrir les portes en larguant cinq coups de feu simultanés. »

Sokka a examiné les lampes torches qui étaient alignées sur les murs de l'atrium.

« Cinq coups de feu, hein ? » a demandé Sokka en souriant. J'ai alors compris qu'il avait une idée.

Sokka a versé l'huile de l'une des lampes dans une enveloppe en peau d'animal. Il a ensuite cacheté l'extrémité de l'enveloppe avec une lanière de cuir. « Il s'agit d'un petit truc que m'a enseigné mon père. Il ne suffit que d'allumer cette lanière et... boum! Il s'agit d'une simulation d'une technique du feu. »

J'ai saisi les bombes artisanales et je les ai insérés dans les ouvertures. Shyu a lancé un jet de feu sur les lanières.

Boum!

De la fumée a jailli dans l'atrium et envahit la pièce. Je me suis précipité vers les portes. Elles étaient roussies et noircies, mais elles refusaient toujours de s'ouvrir! Sokka a passé son doigt sur la surface noircie des portes. « Cette explosion était aussi puissante que celles exécutées par les maîtres du feu. »

« Sokka, tu es un génie! » Katara l'a étreint. « Ton plan a fonctionné. » Elle s'est penchée et a tapoté la tête de Momo. « Il ne nous manque qu'un lémur. »

J'étais confus. Les portes n'étaient toujours pas ouvertes. « Est-ce que la définition de génie a été modifiée au cours du dernier siècle? » ai-je demandé.

Tandis que je me cachais derrière l'une des colonnes de l'atrium, Shyu faisait entrer les quatre autres sages.

« Venez vite! a-t-il dit. L'Avatar est entré dans le sanctuaire! Regardez les portes. » Shyu désignait les traces apparaissant sur les grandes portes.

Le Grand Sage s'est tourné vers les autres. « Ouvrez-les avant qu'il ne communique avec l'Avatar Roku! »

Les Sages de la Nation du Feu ont lancé des flammes dans les cinq ouvertures. Les portes se sont ouvertes lentement et les vieilles pentures ont émis un grincement de mécontentement.

Momo se trouvait de l'autre côté.

« Ils nous ont dupés! s'est écrié le Grand Sage. Le lémur a dû se faufiler par les tuyaux! » Momo a alors bondi sur le Grand Sage. Katara s'est attaquée à l'un des sages et l'a cogné contre un autre. Sokka a enroulé un tissu autour de la tête du dernier sage et l'a fait trébucher.

« Maintenant, Aang! » a lancé Shyu.

J'ai bondi par-dessus les sages et j'ai plongé dans l'embrasure des portes juste avant qu'elles ne se referment derrière moi. J'avais réussi à pénétrer dans le sanctuaire!

Tandis que le soleil se couchait, la lumière du solstice d'hiver se reflétait sur un énorme rubis encastré dans le mur. La lumière balayait le plancher et le devant de la statue. L'heure était enfin arrivée. Je penchais la tête et je fermais les yeux.

« Avatar Roku? Êtes-vous ici? » J'avais tant de questions à lui poser.

Lorsque j'ai ouvert les yeux, j'ai aperçu de la brume

tourbillonner à mes pieds. L'Avatar Roku se trouvait devant moi. Il était grand, mince et musclé, et il avait une longue barbe blanche et de longs cheveux blancs. Il pourrait enfin répondre à mes questions!

Roku souriait. «Je suis content de te voir, Aang, dit-il d'une voix forte et grave. J'ai quelque chose d'important à te dire. Il y a cent ans, le seigneur Sozin profita du passage d'une comète pour y puiser des forces et détruire les Nomades de l'Air. La comète de Sozin reviendra à la fin de l'été, et Ozai le Seigneur du Feu utilisera son pouvoir pour terminer ce que Sozin a commencé. Le Seigneur du Feu doit être vaincu avant l'arrivée de la comète.»

Roku a posé sa main sur mon épaule. «Nous devons maintenant nous séparer, Aang. Tu cours un grand danger en sortant de ce sanctuaire. Je peux t'aider, mais seulement si tu te sens prêt.»

Je savais quoi lui répondre.

« Je suis prêt. »

De la brume tourbillonnait autour de nous. Les portes se sont ouvertes. Les Sages de la Nation du Feu ont déversé un torrent de feu sur moi.

Mais je n'étais plus là. L'Avatar Roku avait pris ma place. J'étais Roku et il était moi. Le bras de Roku balayait l'air devant lui et mettait en place un arc de puissance. Les Sages de la Nation du Feu sont tombés comme des dominos. Les sages avaient enchaîné Shyu, Katara et Sokka, mais l'intensité de la force de Roku les a libérés aussitôt.

La pierre commençait à s'effriter du plafond tandis que la lave bouillonnait sur le sol. Roku était en train de détruire sa demeure!

Les sages se sont rapidement relevés pour s'enfuir. Un brouillard enveloppait Roku, et lorsqu'il se dissipa, j'avais repris sa place. L'Avatar Roku avait disparu.

Katara, Sokka et moi sommes accourus à l'extérieur du temple et avons grimpé rapidement sur le dos d'Appa. Tandis qu'il nous transportait en lieu sûr, j'ai senti toute la force de mon destin à l'intérieur de moi. Roku n'avait pas répondu à toutes mes questions, mais je devais d'abord vaincre le Seigneur du Feu. Je devais restaurer l'équilibre.

Je devais sauver le monde.

Les cinq Sages de la Nation du Feu et le monde spirituel

LES CINQ SAGES DE LA NATION DU FEU

Les Sages de la Nation du Feu sont les derniers de leur espèce — ils sont les survivants d'une ère révolue de la Nation du Feu où la spiritualité l'emportait sur tout le reste. Ils habitent dans le temple du feu de l'Avatar Roku situé sur l'île du Croissant. Hommes d'esprit et puissants

46

maîtres du feu, les sages surveillent le sanctuaire, le pro-
tègent des intrus et assemblent toute l'information possible
au sujet de l'Avatar.

L'histoire des sages remonte à des milliers d'années. Un
conseil de sages dirigeait la Nation du Feu à ses débuts.
Le chef des sages était reconnu comme le Seigneur du
Feu en raison de ses grandes habiletés pour maîtriser le
feu et de sa profonde connexion spirituelle avec le feu. Au
fil des années, le Seigneur du Feu a rompu les liens avec
les sages pour prendre lui-même le contrôle de la Nation
du Feu.

Désormais dirigés par le Grand Sage, les sages ont
été relégués uniquement aux questions spirituelles. Les
tensions entre le Seigneur du Feu et les sages se sont
accrues au fil des générations.

Durant le règne de Sozin, les sages sont restés fidèles
à l'Avatar Roku. Ils veillaient sur le sanctuaire lorsque ce
dernier était absent. Après la mort de l'Avatar, Sozin les
a contraints à œuvrer pour lui. Aujourd'hui, après trois
générations, les sages obéissent de plein gré au Seigneur
du Feu et le conseillent sur les questions spirituelles — à
l'exception du sage Shyu.

Maintenant âgé de soixante ans, Shyu est le plus jeune
des Sages de la Nation du Feu et il est le seul qui soit
loyal à l'Avatar. Ses ancêtres étaient tous des sages. Son
grand-père a été le premier sage à déclarer, contraire-
ment à la croyance populaire, que l'Avatar avait survécu
aux attaques de la Nation du Feu contre le Temple de
l'Air. Plusieurs années plus tard, le père de Shyu a lui
aussi déclaré que l'Avatar était un maître de l'air et qu'il
était toujours vivant. Ce n'est pas ce que le Seigneur du
Feu désirait entendre. Le père de Shyu a été considéré
comme un traître et a été exilé, laissant Shyu entre les
mains des autres sages.

Shyu est le dernier de sa fière lignée qui refuse d'obéir

aveuglement aux ordres du Seigneur du Feu. Il est toutefois conscient des peines infligées à ceux qui osent s'opposer au Seigneur du Feu. Ozai a décrété officiellement que quiconque aiderait l'Avatar dans sa mission serait considéré comme un traître aux yeux de la Nation du Feu et serait puni.

L'ÎLE DU CROISSANT

Située au cœur de la Nation du Feu, l'île du Croissant abrite le temple de l'Avatar Roku. L'île du Croissant est une île volcanique, et son paysage rocailleux est entrecoupé de rivières de lave, dont une qui coule sous le temple.

HEI BAI

Hei Bai est l'esprit absolu qui protège la forêt Senlin depuis des milliers d'années. Hei Bai était un gentil panda à l'état naturel, mais lorsque la Nation du Feu a incendié sa forêt, sa colère l'a transformé en un monstre rugissant qui menaçait les habitants du village.

LE MONDE SPIRITUEL

Le monde spirituel est habité par une grande variété d'esprits qui agissent comme gardiens des rivières, des forêts et des montagnes. Les esprits des Avatars précédents vivent dans le monde spirituel et ils gardent un œil sur Aang. Ce dernier peut entrer en contact avec eux lors d'un solstice ou lorsqu'il entre dans le monde spirituel.

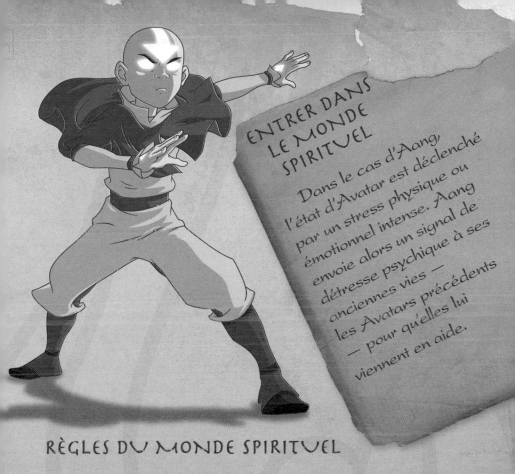

Dans le cas d'Aang, l'état d'Avatar est déclenché par un stress physique ou émotionnel intense. Aang envoie alors un signal de détresse psychique à ses anciennes vies — les Avatars précédents — pour qu'elles lui viennent en aide.

RÈGLES DU MONDE SPIRITUEL

Lorsqu'un maître se trouve dans le monde spirituel, il peut continuer d'observer le monde naturel sans que personne le voie ou l'entende. Si son corps est blessé ou déplacé dans le monde naturel, son esprit court le risque de ne jamais retrouver son chemin.

MAÎTRISER UN ÉLÉMENT DANS LE MONDE SPIRITUEL

Lorsqu'ils pénètrent dans le monde spirituel, les maîtres ne peuvent plus maîtriser leur élément. En effet, puisque le monde spirituel ne possède pas de forme physique, un maître ne peut manipuler l'un des quatre éléments.

Cette dernière légende est racontée par le prince Zuko qui sauva un jour la vie de l'Avatar.

L'ESPRIT BLEU
LÉGENDE 3

J'ai couvert mon visage du masque de bois sculpté. Je me suis vêtu d'une cape pour me protéger des dangers nocturnes. Je n'étais plus le prince Zuko, fils disgracieux d'Ozai le Seigneur du Feu. J'étais devenu l'Esprit Bleu, et ma mission était de libérer l'Avatar.

52

Lorsque j'ai appris que l'Amiral Zhao avait capturé l'Avatar, j'ai mis sur pied un plan. Il me fallait qu'Aang m'aide à retrouver mon prestige au sein de la Nation du Feu. Je ne pouvais le laisser entre les mains de Zhao.

J'ai eu de la facilité à me faufiler à l'intérieur du bastion où l'Avatar était détenu. Le discours de l'Amiral Zhao qui se congratulait lui-même a eu comme effet de distraire les gardiens et m'a permis de me glisser à l'intérieur des barrières.

« Nous sommes les fils et les filles du feu », hurla l'Amiral Zhao depuis le balcon de la forteresse de la Nation du Feu. « Un seul obstacle nous empêchait d'atteindre la victoire : l'Avatar. Je suis ici pour vous annoncer qu'il est maintenant mon prisonnier! »

Les soldats ont chanté et fait s'entrechoquer leurs armes en signe de joie.

J'ai retiré une grille mal assujettie qui quadrillait le sol, puis je suis disparu dans les canalisations d'égout situées sous la forteresse.

Lorsque j'ai dé-
verrouillé la porte
de la cellule, j'ai aper-
çu l'Avatar qui était
enchaîné entre deux
colonnes de pierre.
Des vasques où dan-
saient des flammes
coiffaient le chapi-
teau de chaque co-
lonne.

Aang en avait le
souffle coupé. « Qui êtes-vous ? »

Il n'en avait pas la moindre idée ! Je ne pouvais pas
parler au cas où l'Avatar reconnaîtrait ma voix, mais
mon déguisement était parfait. J'ai sorti deux longues
épées que j'ai balancées dans les airs. Les chaînes
d'Aang sont aussitôt apparues à ses pieds. Il était libre.
C'était plus facile que je me l'étais imaginé.

« Êtes-vous venu ici pour me sauver ? » a demandé
Aang. Je n'ai pas répondu. J'ai ouvert la porte et je lui ai
fait signe de me suivre. Je n'arrivais pas à le croire – je
donnais des ordres à l'Avatar ! Nous avons traversé
la cour sans nous faire voir. Puis une lumière vive a
percé la noirceur et éclairé notre dos.

« Là-bas ! » s'est écriée une voix. On nous avait dé-
couverts ! Je ne pouvais pas me faire capturer. Zhao
n'arriverait pas à comprendre, et mon père non plus.

J'ai brandi mes épées, puis j'ai pointé le doigt en
direction de la barrière ouverte qui se trouvait de
l'autre côté de la cour. L'Avatar et moi nous sommes précipités vers la barrière, mais notre évasion a
été interrompue par une douzaine d'hommes armés
de lances.

« Reste près de moi », m'a dit l'Avatar. Tandis qu'il
décrivait un cercle avec ses mains, un vortex aspirait

l'air qui l'entourait et formait une spirale. Puis il a tendu brusquement les bras, ce qui a dirigé une bourrasque de vent en direction des soldats qui sont tombés à la renverse comme des mouches. Quelle ironie! Après avoir moi-même sauvé l'Avatar, c'était maintenant lui qui me défendait. Si seulement il savait! Nous nous sommes élancés dans l'allée, mais la barrière s'était refermée, et les troupes nous encerclaient de tous côtés. Nous étions coincés.

« Ne tirez pas! » s'est écrié Zhao. Il s'est frayé un chemin parmi les soldats et a pointé le doigt en direction de l'Avatar. « Il doit être capturé vivant! »

Comment pouvais-je m'enfuir avec l'Avatar? Je devais vite trouver une idée. Je nous ai fait avancer à petits pas en direction de la barrière, en utilisant le corps de l'Avatar comme bouclier et en agrippant fermement mon épée.

L'Avatar s'est montré à la fois surpris et effrayé. J'ai senti tout son corps trembler. Les maîtres du feu se sont écartés et Zhao s'est avancé vers nous. Il m'a regardé droit dans les yeux sans même me reconnaître!

« Ouvrez la barrière, a-t-il ordonné. Immédiatement. »

Les barrières se sont ouvertes et je suis sorti rapidement de la forteresse à reculons en prenant l'Avatar en otage.

Lorsque je me suis trouvé à l'extérieur des

barrières, j'ai reculé prudemment en me cachant toujours derrière l'Avatar. L'orée du bois ne se trouvait plus qu'à quelques mètres. Nous pouvions y arriver.

Je n'ai pas vu venir la flèche. Je ne l'ai pas entendue voler dans les airs, mais je l'ai sentie nettement qui atteignait mon masque en émettant un bruit retentissant. Je suis alors tombé sur le sol.

《 Prince Zuko ? 》

Je me suis réveillé en entendant mon nom. J'ai alors aperçu le ciel au travers d'un épais couvert d'arbres. Une douleur intense parcourait mon corps.

L'Avatar était assis à quelques mètres de moi. Il était sale et parsemé d'éraflures. 《 Pourquoi t'être déguisé en Esprit Bleu pour me secourir ? 》

Je n'ai rien répondu. Je n'essayais pas de le secourir. Je l'avais simplement libéré de l'emprise de Zhao pour le rendre à mon père. J'ai bien tenté de me relever, mais j'en étais incapable. La douleur était trop intense.

« Tu sais, il y a cent ans, avant même que cette guerre commence, j'avais beaucoup d'amis parmi la Nation du Feu, m'a dit l'Avatar. Si nous nous étions connus à cette époque, tu crois que nous aurions pu être amis ? »

J'ai envoyé un coup de feu en direction de l'Avatar pour tenter de l'attraper. J'ai échoué, et lorsque je suis parvenu enfin à me relever, il avait déjà pris la fuite. J'ai réfléchi à sa question. Nous aurions peut-être pu être des amis à cette époque, mais il était trop tard pour cela.

J'ai poursuivi l'Avatar jusqu'à la Tribu de l'Eau établie au pôle Nord. Personne ne peut fuir le fils du Seigneur du Feu. J'allais retrouver l'Avatar. Il le fallait.

Mon oncle Iroh m'aida à attacher la dernière pièce de mon lourd uniforme blanc. Il faisait un froid intense et la température continuait de chuter rapidement.

« Dis-moi, prince Zuko, que comptes-tu faire lorsque tu auras récupéré l'Avatar ? » m'a-t-il demandé.

« Le rendre à mon père, bien entendu, ai-je dit. Je dois retrouver mon honneur et reprendre ma place légitime comme prochain dirigeant de la Nation du Feu. »

Je l'ai salué une dernière fois, puis je me suis glissé à l'intérieur de mon petit bateau. Tandis que je pagayais sur les eaux glaciales qui entouraient la ville de la Tribu de l'Eau, des morceaux de glace tanguaient doucement sur l'eau paisible.

Un troupeau de phoques bêlait et s'avançait rapidement d'un rebord glacé avant de plonger dans l'eau glaciale. J'ai attendu mais ils ne sont pas réapparus. Je savais qu'il devait y avoir un endroit sous la glace où ils remontaient pour respirer, mais où donc ? Il n'y avait qu'une seule façon de le découvrir.

J'ai pris plusieurs inspirations profondes. Des éclats de feu réchauffèrent mon corps. J'ai serré les dents et plongé dans l'eau, puis j'ai suivi les phoques à travers une ouverture dans la glace. Lorsque je suis remonté à la surface, j'ai débouché dans une caverne souterraine. Je me suis agrippé au rebord glacé, avant de m'extirper de l'eau.

J'ai effectué quelques torsions, puis j'ai expiré en traçant un mouvement du feu qui m'a aussitôt séché. Mon corps a vite retrouvé sa température normale.

J'ai repoussé les phoques aux cris assourdissants, puis j'ai aperçu une chute d'eau qui jaillissait du plafond et dont l'eau cristalline s'écoulait dans une profonde piscine. J'avais trouvé la sortie! Je suis entré dans la chute d'eau en luttant contre l'eau glacée qui martelait ma tête et mes membres.

Je me suis agrippé aux rochers mouillés et glacés. La glace était dure et densément regroupée. L'eau m'engourdissait, mais je ne pouvais pas m'arrêter. J'ai fait fondre un trou dans le sol glacé que j'ai traversé à plat ventre.

Je me trouvais maintenant à l'intérieur de la ville, derrière les lignes ennemies. Il ne me restait plus qu'à trouver l'Avatar.

L'Avatar était assis en tailleur dans l'herbe de l'oasis de la Tribu de l'Eau, soit le centre de toute l'énergie spirituelle de la Tribu. Il s'agissait d'une vaste clairière située sous la surface du pôle Nord. Elle était remplie de fleurs, d'un matelas épais d'herbe verte, de forêts luxuriantes et d'air chaud. L'oasis était sillonnée de canaux qui lui procuraient une quantité nécessaire d'eau.

Les tatouages de l'Avatar brillaient. Il était dans l'état d'Avatar et il était entré dans le monde spirituel. Katara se trouvait à ses côtés et semblait le protéger.

C'est alors que je suis sorti de l'ombre.

« Je constate que tu as beaucoup grandi », lui ai-je dit.

Katara s'est retournée pour me faire face. « Prince Zuko ? »

« Oui. Remets-moi l'Avatar, et je ne te ferai aucun mal. » Je me suis avancé vers l'Avatar, mais Katara brandissait ses bras vers moi. La glace a cédé et je me suis affalé sur le sol.

« Je vois que tu as appris un nouveau tour, lui ai-je dit, mais je ne me suis pas rendu jusqu'ici pour perdre contre toi. » Katara ne faisait pas le poids contre moi. J'avais plus d'expérience, et je disposais du feu.

Je lui ai administré une rafale de coups de pied et de coups de poing. Katara a reculé, mais elle bloquait tous mes coups avec des flèches de glace. J'ai alors vu qu'il y en avait partout autour de moi. Je les ai fait éclater avec de vifs coups de pied enflammés. « Tu as trouvé un maître, n'est-ce pas ? »

Elle avait du talent, mais je n'allais pas la laisser remporter la bataille. Je l'ai attaquée avec mes poignards enflammés, mais elle a formé une épaisse couche de glace autour de mon visage pour m'aveugler !

Tout à coup, un éclat de glace m'a projeté de l'autre côté de l'oasis. Je suis tombé dans le canal. Katara a ensuite esquissé un geste déterminé avec ses bras visant à geler le canal afin de m'immobiliser. Pas de chance. Je me suis libéré, mais elle a alors formé un canon à eau.

L'explosion m'a poussé encore plus profondément dans le canal!

Elle était très adroite, mais je ne pouvais pas la laisser gagner. Tandis que j'étais étendu sur le dos, j'ai observé le ciel. La nuit s'achevait et le soleil commençait à se lever.

J'ai pris une profonde inspiration, puis j'ai senti la force du soleil déferler sur mon corps. J'ai alors largué un puissant jet de feu qui a propulsé Katara contre un mur et qui l'a fait tomber sur le sol. «Tu puises ta force de la lune, lui ai-je dit, et moi du soleil.» J'avais gagné. L'Avatar m'appartenait enfin.

J'avais effectivement l'Avatar en ma possession, mais le blizzard qui soufflait à l'extérieur m'empêchait de l'emmener auprès de mon père. La neige qui tombait à plein ciel et les forts vents glaciaux me forcèrent à trouver refuge dans une caverne. L'Avatar était toujours en état méditatif. Ses yeux étaient clos et ses tatouages brillaient et battaient au rythme de pulsations lentes et régulières. J'ignorais où se trouvait son esprit, et je m'en moquais. J'avais le corps de l'Avatar. C'est tout ce que j'avais besoin de montrer à mon père. C'est tout ce dont j'avais besoin pour retrouver mon honneur.

Une lumière vive a surgi dans la caverne et enveloppé l'Avatar. Son esprit était revenu. Ses yeux se sont ouverts en clignant. «Bienvenue», ai-je dit avec sarcasme. «Je suis content d'être de retour», a répondu l'Avatar.

Il a tenté de se lever, mais il est aussitôt tombé tête première. Je l'avais ligoté des pieds à la tête. Je ne pouvais pas prendre le risque de le voir utiliser ses techniques de l'air contre moi.

Ma joie a toutefois été de courte durée. Son bison volant s'est bientôt posé à l'extérieur de la caverne en transportant Katara sur son dos. Ils avaient dû localiser l'esprit de l'Avatar!

《 Tu es venue pour une revanche? 》 lui ai-je demandé.

《 C'est la pleine lune, Zuko. La lutte est loin d'être serrée. 》

Elle avait raison. J'avais oublié la lune. La Tribu de l'Eau jouissait d'une force extraordinaire au cours de la nuit, et la pleine lune la rendait encore plus puissante.

La jeune fille a exécuté un violent mouvement de l'eau que je n'avais jamais vu auparavant. Je me suis empressé d'y faire obstacle, mais le coup était trop puissant pour moi. Elle m'a gelé sur place, puis m'a fait glisser à la renverse avant de m'écraser contre la paroi de la caverne. J'avais une fois de plus perdu l'Avatar!

Il y aurait toutefois d'autres batailles à livrer, et d'autres occasions de capturer l'Avatar afin de regagner mon honneur. Ma quête était en définitive loin d'être terminée.

61

PRINCE ZUKO

Le prince Zuko est le fils aîné d'Ozai le Seigneur du Feu et il est l'héritier légitime du trône. Ce maître du feu passionné a toutefois été mis au ban de la Nation du Feu lorsqu'il s'opposa publiquement à son père et à la guerre.

Le prince Zuko doit capturer l'Avatar et le livrer à son père de façon à pouvoir retourner chez lui et récupérer son droit d'aînesse.

Il est accompagné de son oncle Iroh, le frère aîné du seigneur Ozai.

Zuko est très habile pour maîtriser du feu. Il est très persévérant et il n'abandonne jamais. Malheureusement pour lui, son arrogance et son impatience sont des faiblesses qui peuvent nuire à sa mission qui consiste à capturer l'Avatar.

ONCLE IROH

Le général Iroh est le frère ainé du seigneur Ozai et il est l'oncle du prince Zuko. Avant de prendre sa retraite, son armée a dirigé le siège de Ba Sing Se, la capitale du Royaume de la Terre, pendant six cents jours. Après avoir perdu un nombre incalculable de soldats au cours d'un siège qui semblait sans issue, le général Iroh ordonna à ses hommes de se retirer, une décision jugée sévèrement par le seigneur Ozai.

Iroh est responsable du perfectionnement des techniques du feu de Zuko. Il protège son neveu et tente de l'aider à acquérir une plus grande maîtrise de soi et à prendre des décisions plus réfléchies.

ÉPILOGUE

APRÈS PLUS DE CENT ANS D'ATTENTE,

le nouvel Avatar est enfin incarné... dans le corps d'un garçon de douze ans! Bien que les Nomades de l'Air aient cessé d'exister, leurs esprits vivent toujours à l'intérieur d'Aang, l'Avatar et le dernier maître de l'air. Les Tribus de l'Eau ont pour l'instant vaincu le Seigneur du Feu, mais son retour est imminent. Le Royaume de la Terre est également constamment menacé par l'ennemi. Tandis que je conclus et scelle ce manuscrit, la Nation du Feu est en train de se regrouper, et Aang est sur le point de maîtriser tous les autres éléments. Il doit vaincre le Seigneur du Feu avant que la comète de Sozin ne revienne pour offrir à Ozai un pouvoir illimité. Voilà tout ce que je sais jusqu'à maintenant. Je vous prie de ne partager ces informations qu'avec ceux en qui vous avez véritablement confiance. Le destin du monde repose entre vos mains!